句集

俳扉の朝

原満三寿
Hara Masaji

深夜叢書社

俳扉の朝　目次

カバー絵
David Cox
“*Study of clouds*”
メトロポリタン美術館蔵

装丁
髙林昭太

句集

俳扉の朝

はいとびらのあさ

原満三寿

蝶の空

火と水が殺気立ったる自転球《だま》

楽欲《ぎょうよく》の知恵をさびしむ浮遊球

天翔るニッポニアーニッポン天欠ける

目ざめれば籠のカナリア炎なる

コアラごと狂《ふ》れるばかりに山もえる
火ぶくれたムササビが飛ぶ華胥《かしょ》の国

鳥は巣に帰らんとするも水浸し

留鳥す凶雨の無惨を押し黙り

俳扉　帰らぬ旅を鎮めたり

俳扉　まるごと地球をさびしめり

木漏れ日の朝がはじまる俳扉

灯あらばおめおめ生きよと俳扉

天病むも蝶の空なら睡られる

俳扉　あければ蝶の朝がある

俳扉　百鬼・死民*は通りゃんせ

*死民＝石牟礼道子さんの造語

俳扉　ヘイト・ピカドン通しゃせぬ

俳扉　化外の過客とみどり野へ

斎藤愼爾さん追悼

俳扉　舞いでてただただ一孤蝶

名句にちなんで四句

秋深き隣に鎮もる俳扉

俳扉　越すうれしさよ手にねぶか

大根引　大根で指す俳扉

いくたびも俳扉とはと尋ねけり

春めきて尻尾で戯《おど》ける狂言師

麦秋の尻尾こげだし出奔す

手違いで砂の女身に尾を生やす

跋渉す原生林では尾を立てて

紅葉の川面《かわづら》を踏む雨の脚

枯れ野面　年相応に白光す

路地面の漢に親しき裸灯あり

野良面の猫が占めたる浜の椅子

暮れてゆく春は付け火をそそのかす

行く夏のあっかんべは捕縛せよ

桃ぬすむ初犯　再犯　常習犯

発禁本ばれて手鎖の夢炬燵

麗らかや終活を終え浮子を釣る

底抜けの雨のさびしさ　脛一本

怒濤きて身を反らしてぞ天の川

天高しむかし韋駄天いま野暮天

昼寝かな字統*を枕に藤の風

*白川静の辞書

秘すほどに勿忘草の情強《こわ》し

山藤の空の高みへ猫くさめ

小鬼めく木の間にぽっと烏瓜

春の紐

放られて踊ってみせる春の紐

春の日のまたまといつく一筋縄

悪さして　むっつりと見る春の泥

指切りのその指で指す猫柳

手をにぎる老人正機　臘梅林

芒原ときにふたりは無重力

山笑う産道の途中でVサイン

みどり児が乳首をさぐる山滴る

山粧う彼岸を越えればまた此岸

胎内をさ迷う老人　山眠る

青蛾さがす背に月光のドスささる

月光の樹海を翔るダリの蝶

直情の少女はばたく月明へ

三日月を寝室にいれ今日を脱ぐ

海に降る雨のしじまや屋台酒

雨垂れの音に居ならぶ寒卵

紫陽花の雫がささやく〃庵主さま〃

まつ昼間　破れ蓮と逢い　たじろぎぬ

傲慢な午睡の乳房に春の雷

老嬢の春眠にくる火食鳥

夜桜や疑心暗鬼が手をさぐる

花粉症の佳人と鬼籍あそびする

十三歳　春なま臭く背がのびる
たわわなる青柿かがやく十六歳

禁断の独り言なり青き踏む

スマホ繰る晩夏の欅に影うめて

海嘯の空に肉色の月のぼる

津波禍の五体に見知らぬ空が居り

震災の焚火へ野良犬《のら》も誘いたり

余震くる酢牡蠣は噛むか呑みこむか

いつも途中　階段ころげる乳母車

＊ポチョムキンの階段

きみたちの未生の修羅を肩車

白髪を曝して野菊に近づきぬ

風死んでいんいんめつめつ爺の小火

向日葵が見送るガキは帰らざる

万緑の万の目のなかガキ奔る

柿若葉　ガキらにわかに濃くなりぬ

柿若葉　ガキの吐息も中年へ

愁殺す稚児灌頂の月光裡

＊比叡山　稚児灌頂＝僧侶の男色

降霊の娘《こ》が読まさんと落し文

＊恐山

太陰を秘して股挟む出羽の神
*湯殿山

死の山と呼ばれて西日　死臭せり
*月山

破れても夢の枯野の逆旅力

のざらしが枯野を統べる光陰力

どうしても偽経と思いし曼珠沙華

緑陰や核の碑文が呻吟す

ザボン抱き

ザボン抱き山からきらきら黒瞳

老い獄《ひとや》　名残にそっと冬木の芽

マンズ咲く*おとこが出てゆくおとこから

＊マンサクの語源、まず咲く

のこされたおとこ空っぽ土筆ん坊

残日の竹馬《ちくば》の辛夷は白骨だ

みちのくの人語くりだす風信子

蔦紅葉　紅蓮の炎に身体《からだ》冷え
吾亦紅　いずれ発火も見せたまえ

鉄面皮　桃の生毛をじっと見る

後半生や宙ぶらりんの木守柿

温暖禍　流木のはらわた曝される

流木の夢は月光の添い寝かな

死んだ風　息ふきかえすザクロ割れ

山姫*に空いっぱいの破瓜があり

*アケビの異称

オダマキの空の夕べを泣き別れ
またかいな侘助おちて空のこす

廃校の空にポプラは既になし

鉄棒さび空に洟垂れ剝落す

大陸の妄語の空に迎春花《インチュンホワ》

半島の空に恨《はん》あり木槿《ムグンファ》

前の世も杉であったか縄文杉＊

＊屋久島最大の杉、推定樹齢三〇〇〇年

廃線のレールを咲《わら》う泡立草

蕾なる椿を煽る夜の底

過ぐる日を容れたる人と椿山

春宵を宥して愛惜あらたなる

烏瓜の花と見たしや同床異夢

グミ咬めば童心の水すぎゆけり

ふいにくる孤心に白桃くわれたり

はげちょろの太郎に剝かれる次郎柿

柿兄弟いのちじまいに額よせて

薄命へ連理の風船のぼりゆく

てらてらと葉っぱら照りぬ海あける

たびたびの転生の羽化なにごとぞ

行旅死の舎利に鬼灯ともしあう

チューリップ口をそろえて　いらっしゃーい
ユキヤナギ髪ふり乱し袖を引く

白萩は死人《びと》こぼして人さそう

さすらいの風が指揮する森の唄

噴水の空に雁ゆくリベルタンゴ*

＊アルゼンチンタンゴの名曲

バンドネオン　セイボ*の空に容赦なく

＊アルゼンチンの真っ赤な国花

太棹*と怒りを抱えて油照り
*津軽三味線

空っ風とラップを競う枯葉たち

雨あがるあまたの新芽が旅立ちぬ

高階に身心の芽吹きを疑わず

道に迷い相逢う木苺いただきぬ

木漏れ日に老木はなやぐ而今《じこん》かな

ねむい鱶

水ぬるむひねもすねむい鱶と居り

永き日の書斎に居すわるハシビロコウ

囀りをまねてるうちに野の骸

深き森ぬけるにしばし鼠族めく

黒猫がのぞく出窓をのぞきみる
老猫は日向の窓の漂流物

迷い狗　水面に映る喪家貌

迷い犬　水漏れ天《そら》を仰ぎ見ず

野良犬とでかい落暉に尻向ける

野良犬とつかず離れず流星群

空蟬に空蟬のつけて誕生日

空蟬と雨の息きく橋の脚

女郎蜘蛛　泣き虫もまた囲にかかる

誰か来る晩夏の蜘蛛の番う夕

すさまじく月光の鱏　錆びはじむ

月の巣にかわいい悪女　托卵す

黒き蟻　デイゴの渦にとびこみぬ

猫の恋　生傷のんで夕闇へ

花街のベンチを占める蟻二頭

木蓮の樹下で恥じらう指二頭

おたがいの影ふみあう遊び百日紅

冬の雷　相手を売ろうと頭《ず》ふたつ

丹頂の叫びや歳月よみがえる

暁に祈るカマキリ目まで枯れ

菜の花や展翅の蝶も乱れとぶ

紋白蝶シーツと空を帆走す

柚子坊*が羽化してブランコ蒼穹へ

＊クロアゲハの幼虫

コロナ禍の夢寐に湧きでる蝶の群

黒揚羽　枯山水を覆いたり
双蝶の情を綴るにてふてふす

ことさらに潦《にわたずみ》とぶ碧い蝶

山里の道をはぐれて蝶のキス

洪水の失語の空にルリシジミ

野をいそぐ美童をゆさぶる鬼ヤンマ

鈴ふって朝のあいさつ胡蝶花*

*著莪の花の異称

お遍路の行く手に懺悔の虫しぐれ

お接待に躍ってみせる水馬

ナナフシの擬態も化仏と思いけり

クツゾコ*が旨くて明日はきっと晴れ

*舌平目の異称

悪食やいまなお生身を免れず

忘我まだ旧知の鴉と雪見酒

腹の虫おさまりきらずハタタ神

奄美大島の旅　四句

島の旅　四肢も情《こころ》も仕舞う刻

若夏の月桃夭夭《ようよう》　忘れめや

アカショウビンめっけて追った皺っ尻

ルリカケス目に写してぞ帰りなん

死者の椅子

死者の椅子アケビの叫びが席を占め

死者ついに悪筆を脱す秋の空

死者老いて老いたる死者みる冬木立

死者たちがよく囲みたる焚火跡

雪のせた夜汽車へ吠える死者の犬

猫柳　死者の家まで抱え行く

ついに逝く雨のヒマワリ奥歯で泣く

ほな、また　奴の遺言　落葉みたい

竹馬《ちくば》逝く　どしゃぶり遠足　ひみつ基地

人外へ老軀をあおる晩夏光

きさらぎの始末に負えぬ無口かな

夏萩のこぼれてこぼれぬ片笑窪

パラソルへバスからうちふる手の無慘

ピリオドと坂をのこして青葉木菟

過疎の村　謀議をあおる遺影たち
村すたれ　はないちもんめ　みなぬけた

鬼さんの手の鳴る方に村ほろび

廃村のトンネルの闇に北斗星

雪おんな人に凭《よ》るほど溶ける陰《ほと》

しがみついた片脛《はぎ》のこし雪おんな

太郎は咬み次郎は舐める雪おんな

おゝゆゝきゝ消えみゝのゝきゝちゝ焦がれ虎落笛

火車火宅しらずにのぼる夢の階《はし》

流星を摑みそこねて老いの端

投げキッスそれっきりだった沈下橋
のざらしの塔婆となせり箸たてて

のざらしが辟易したる下萌えて

のざらしの寝釈迦に比する扁平足

吹雪く夜は童《わらし》がおびえる枕返し

内灘へ童ころがし坂はしゃぐ

ホームにて若い夕陽にハグされる

車窓から斜陽と旅愁を弄ぶ

赤鼻の黙がうるさい終列車
吹きすさぶ行方も知らぬ駅ばかり

春の翳　光の駅で見失う

翳さがす晩夏の駅は無人駅

野分駅さびしい客からかけめぐる
降りつもる終着駅の雪明かり

狂飆《きょうひょう》や右も左も右往左往

ゲリラ雨　奇天烈のパァと晴れあがる

蛍狩りうしろのしょうめん女盛り

腐れ縁あっちむいてホイや流れ星

つきまとうおひとりさまに世間さま

鶴折っておひとりさまの天晴れる

おひとりさま赤いリンゴに頬よせる

おひとりさまもお天道さまもさ迷える

鬼啾の秋

鬼の児が産まれて喝采　山紅葉

鬼の児の血だらけの指　満月へ

わらべ唄みないなくなる鬼《き》啾《しゅう》です

文弱の鬼です言霊こわいです

壮鬼です人のうちそと濁流です
老鬼です雨のいちにち迷路です

脱皮した青鬼の空をドローン裂く

青鬼に誘われ深く杏林

鬼爺や芙蓉の媚態に脱臼す

鬼爺の名残の径です合歓の花

鬼婆や野道をゆけば鬼捨て子*

*蓑虫の別称

鬼婆の小町の会です蟬しぐれ

夜行性の鬼といわれて五月闇

いわれなく栖を逐われて木下闇

老鬼夜行ノスタルジーをめぐる旅

鬼の旅どのさみしさも一途かな

日本晴れ　まつろわぬ鬼　棄てられる
どの鬼も絶滅危惧の鬼種流離

鬼たちにそもなにものぞ秋津島

望郷や帰りなんいざ鬼ヶ島

人を拝む　ああ戦争のベルが鳴る
死神ののっぺらぼうのべらぼうめ

風花はたちまち骨灰　ひとでなし

行き暮れて白骨少年おちば焚く

涅槃図の快楽《けらく》とおもう野分跡

死をいそぐ空也の衆か枯芒

梟のゴロスケホッホー青地球

獰猛な空を慰撫して日は昇る

渾身の地球の夕映え明日もまた
天翔る蝶の羽音に耳澄ます

あとがき

三十年ほど親しくしていただいた詩人の飯島耕一さんの代表詩集に『他人の空』があります。崩壊した戦後の精神状況を暗喩したものです。

他人の空にせよ、自分の空にせよ、かつては、そこにはまぎれもない人や生きものの空がありました。しかし今の空は、わたしたちに牙をむける凶暴な空と化したと言えるでしょう。温室ガス排出最多更新、世界気温3度上昇も杞憂ではなくなっています。

温暖化の災厄は、森を食い、石油を食い、人を食い、民族を食い、そして時代を食ってきたわたしたち人類が招いたものです。現代文明という檻に囚われたあらゆる生類が、少しでもやさしく生きられる空を望めないものでしょうか。

〈俳扉〉は、そうした危惧を抱いている最中に立ち現れた造語です。ささやかでも地球の異常とわたしなりの俳諧力で向き合ってみたいとの思いです。前句集の造語〈俳鴉〉が降らせたのかもしれません。

こう書いてきますと、自分でもなにか偉そうなことを言っているようで気がとがめますが、それはわたしの言霊がいまだにいのちの深みに達していないからでしょう。

その実体は、言葉フェチの一老人の呟きに過ぎないのかもしれません。あるいは、終章に鬼をもってきたように、ふてぶてしい孤絶の吐露なのかもしれません。

ハイカイを自給自足しながら、シャバ世界を乞食したいと願ってきましたが、寄る年波、なにほどのことが残されているのかと、書斎で飼っている老鬼に尋ねる毎日です。

俳扉　舞いでてただただ一孤蝶

この句は、前書にあるように齋藤愼爾さん追悼の句です。俳扉を模索していますと、ふわりと愼爾さん想いの句が降ってきたのです。わたしの第二句集から本句集まで、すべて生死を超えた愼爾さんの後押しのたまものです。

そしてそれを強く支えてくれたのが髙林昭太さんです。鬼のように感謝しております。

楽屋裏にて　著者

原満三寿　はら・まさじ

一九四〇年　北海道夕張生まれ

現住所　〒333-0834　埼玉県川口市安行領根岸二八一三―二―七〇八

略歴・著作

□俳句関係　「海程」「炎帝」「ゴリラ」「DA句会」を経て、無所属

■句集『日本塵』『流体めぐり』『ひとりのデュオ』『いちまいの皮膚のいろはに』『風の象』『風の図譜』（第十二回小野市詩歌文学賞）『齟齬』『迷走する空』『木漏れ人』『俳鴉』『俳扉の朝』

■俳論『いまどきの俳句』

□詩関係　「あいなめ」（第二次）「騒」を経て、無所属

■詩集『魚族の前に』『かわたれの彼は誰』『海馬村巡礼譚』『臭人臭木』『タンの譚の舌の嘆の潭』『水の穴』『白骨を生きる』

■未刊詩集『続・海馬村巡礼譚』『四季の感情』

□金子光晴関係　金子光晴の会　事務局

■評伝『評伝　金子光晴』（第二回山本健吉文学賞）

■書誌『金子光晴』

■編著『新潮文学アルバム45　金子光晴』

■編集　金子光晴研究誌『こがね蟲』全10巻

■資料「原満三寿蒐集　金子光晴コレクション」（神奈川近代文学館蔵）

句集　俳扉の朝
二〇二四年十月三十日　初版発行
著　者　原満三寿
発行者　高橋忠義
発行所　深夜叢書社
郵便番号一七六—〇〇〇六
東京都練馬区栄町二—一〇—四〇三
info@shinyasosho.com
印刷・製本　株式会社東京印書館

ISBN978-4-88032-508-8 C0092